海軍志願兵の太平洋戦争

花井文一

元就出版社

呉海兵団14分隊第９教班。後列左から３人目が著者。下写真は戦艦「日向」

伊38潜乗組時の花井二等兵曹

写真・雑誌「丸」編集部提供／著者

伊号第38潜水艦(上)と第40号海防艦

海軍志願兵の太平洋戦争——目次

第一部——軍艦「日向」の死闘　9

第二部——艦隊ぐらしの青春　57

装幀——純谷祥一

海軍志願兵の太平洋戦争

——戦艦「日向」・伊号第38潜水艦・第40号海防艦の航跡

第一部——軍艦「日向」の死闘

海兵団の新兵教育

二光の川に、ボートのデリックが十二隻ほどあった。一隻に十五名ほどが乗って、カッターや櫓《ろ》の漕ぎ方を、班長と助手に教えてもらう。

交替で練習をして二～三ヶ月もするとみんな上手になり、新兵卒業前にはボートで遠漕をして、兵学校の見学に行ったりした。毎日が学校と同じで、午前学科で午後は実習である。

二光の川に面して十二センチ砲が十門ほどあり、砲術訓練も週二回ほどあったと思う。柔道、剣道、銃剣術、手旗信号、手話、通信など基礎的なことを毎日勉強するのである。

銃剣術の試合では、十一人に勝ったが、このときには教班長にほめられた。青年学校でやっていたことが良かったのだと思う。

教班長の「始め」の号令とともに剣をよける。と同時に突きを入れる。一発できまって一本の勝ちになるのである。

十五〜十六歳で、青年学校でやったことのない者が多く、だから防具のつけ方もわからない。

新兵部隊は一分隊から十五分隊があり、私は十四分隊の一教部で七十七名である。二教部は七十一名、計百四十八名であった。また、新兵を教育する教務部があった。教務副官・海軍少佐・林鉦二郎以下三十六名の教育係がいて、日夜、新兵教育に従事するのである。

ここでは志願兵として、愛知、三重、岐阜、中部地区を主に、全国から応募してきた若者が五ヶ月間の教育を受けて各艦に配属され、海軍の中堅となって立派に活躍できる海軍軍人となるために鍛えられるのである。

海兵団の成績が十番以内の者は戦艦、二十番までの者は巡洋艦、三十番までの者は駆逐艦、四十番までの者は掃海艇、五十番までの者は水雷艇といったように、だんだん小さい船になると、後日、古い兵隊から聞いた記憶がある。成績の悪い者ほど、消耗品の船に乗組となるのである。

海兵団卒業前には、原村の演習場へ陸戦隊の装備で行進して行き、野原で白兵戦を行なう。

その後、団長の訓示を受けて軍艦旗を先頭に、呉の町を軍歌を歌いながら、呉海兵団へと行進して帰るのである。

その翌日に一種装の軍服で大観兵式を行なう。団長の訓示があり、その日に海兵団を卒業して各艦船へ配属になる。これから本格的な軍人精神を鍛えられるのである。

軍艦「日向」乗組

私は海軍で一番厳しい軍艦「日向乗組を命ず」で、呉軍港から迎えに来た「日向」の内火艇に乗って軍艦「日向」に向かったのである。

昭和十五年十月十五日、「日向」第一分隊に配属となる第一分隊は、三十六センチ砲員である。前甲板の受け持ちで、毎朝、総員起こしの後、体操をしてから甲板清掃をする。

海水をポンプで汲み上げて散水し、木製の甲板を、ウエスをまるめた用具で磨き上げるのが毎朝の日課である。

新兵のうちの三〜四名が食事当番の配食をしている。若い新兵には食事が一番の楽しみなのである。当時の食事は質素で、麦飯に味噌汁と漬物、野菜の煮込みがおかずで一日が始まる。

砲塔内の手入れは真鍮《しんちゅう》の金具をピカピカに磨くのだが、いつ「総員配置に付け」の命令が出ても、二〜三分で「一番砲塔発射用意良し」と、艦橋に報告できるようにするのである。

その報告をする前に、吃水《きっすい》下にある弾薬庫から三十六センチの砲弾二発と発射に必要な火薬四コを取り出し、弾薬専用の揚弾薬機にのせて砲門まで送り、電動で装塡《そうてん》する。

そうして艦橋から、砲術長の「撃て」の命令を待つのである。当時、私は一番砲塔の砲員で、照尺士の配置に付いていた。

射撃訓練

訓練のとき、「総員配置に付け」の命令が拡声器から流れると、艦内のどこにいても、直ちに一番砲塔に入り、自分の配置に付いて報告する。その後、艦橋からの命令によって射撃訓練が始まるのである。

「右三十度の商船、距離二千メートル、撃て」

その弾着によって、近くに弾着した場合は、「高め二右に一」とかの修正の指示がある。

この操作がくりかえし行なわれ、いつ、どこでも三十六センチの大砲が発射できるように、砲員の訓練が日夜、行なわれているのである。

人身事故

昭和十六年八月ごろ、呉の軍港に碇泊中、ちょっとした事故が発生した。一分隊の花田一等水平が一番砲塔に入り、揚弾薬機のスイッチを入れて砲塔まで空の揚弾薬機を上げ、揚弾薬機に乗ったまま吃水下にある弾薬庫で昼寝をしていた。こうした穴場は古い兵隊しか知らないのである。

他の兵隊が、自分も涼しいところで昼寝をしようと思い、先客が寝ているとは知らずに揚弾薬機のスイッチを入れたのである。

ギャッーという声がして、花田一水の右指四本が第二関節から切断され、真っ赤な血が噴出している。指先はどこへ飛んだのか不明である。軍医が応急処置をし、内火艇を用意して呉海軍病院へ送り込んだ。

上陸のとき見舞いに行ったら、花田一水は右手の指がなくなっては何もできないので、除隊して親元へ帰ると、淋しそうな顔をしていた。六十何年前の出来事とは思えず、いまも記憶に残っている。

軍艦「日向」は「鬼の日向か、蛇の伊勢か、いっそ海兵団で首つろか」といわれたほど厳しい戦艦であった。

私は昭和十五年十月から昭和十六年九月までと、昭和十七年一月から昭和十八年二月まで通算二年間、「日向」乗組で、主として太平洋方面の作戦に従事した。また、北太平洋の作戦にも従事した。

若き日の思い出が走馬灯のごとく、つぎつぎと頭に浮かんでは消えていく。苦しかったこと、楽しかったこと。腕ぐらいの「つらら」が、艦橋の外で飛沫《しぶき》でだんだん太くなっていく。北の海は荒れ狂っているのだ。

アメリカの艦隊が南下して来るとの情報があり、日本の艦隊が要撃に向かった。戦隊「陸奥」「長門」「日向」を先頭に巡洋艦、駆逐艦が戦列を組んで嵐の海を北上した。防寒外袴に防寒帽、防寒靴、防寒手袋をして操舵をしていても、寒くて足踏みをしながら舵を取った記憶がある。三万トンの戦艦が上下左右に大揺れである。

約二十日間、北極近くまで行ったが、敵艦隊と遭遇せず、空しく呉軍港へ引き返した。

昭和十八年一月十三日、「第二回下士官および兵潜水艦講習員として海軍潜水学校呉分校に派遣を命ず」で一ヶ月半の講習を終了して「日向」に復帰する。

伊号三十八潜水艦乗組

昭和十八年三月一日、伊号第三十八潜水艦乗組員を命じられる。伊三十八潜は、昭和十八年一月末日まで佐世保工廠にて艤装。艤装員長安久栄太郎中佐。

昭和十八年一月三十一日、呉鎮守府に引き渡し、昭和十八年二月一日より呉潜水艦基地隊で乗組員の訓練を開始する。

昭和十八年四月一日、第一艦隊第十一潜水戦隊に編入される。日曜日以外は毎日、猛訓練が続く。佐伯港外で安久艦長の命令の下、急速潜航魚雷戦に、急速浮上砲術戦に、飛行機の組立、カタパルトでの発射訓練等々が行なわれた。

潜水艦の近くに着水したフロート付きの飛行機を、デリックの柱を立てて吊り上げ、格納庫へ納める作業は、初めは五~六分かかったが、訓練によって三分で出来るようになった。

見張員が一万メートルのところで敵機を発見する。潜水艦の頭上まで来るのに三分である。

早く潜航しないと、爆弾を落とされてやられてしまう。食うか食われるかの戦いである。訓練にも力が入る。

二ヶ月間の訓練で一人前の潜水艦乗りが出来上がり、任務に付くことになるのである。

㊟輸送任務

昭和十八年四月三十日、第六艦隊第一潜水戦隊に編入。

昭和十八年五月八日、呉出港、南方面に出撃。後甲板の大砲を取り外して運砲筒を搭載する。

昭和十八年五月十四日、トラック島、午後七時入港。

昭和十八年五月十六日、トラック島、午後五時出港。

昭和十八年五月十八日、ラバウル港、零時三十分入港。

昭和十八年五月二十一日、ラバウル港出港、午前八時。

昭和十九年一月六日まで、ラバウルを基地にしてスルミ、ラエ、サラモア、ニューギニア、シオ、コロンバンガラへ食糧輸送を行なうこと二十三回。主として食糧、医薬品、弾丸などである。

艦内の通路には、罐詰の箱が一杯ならべてあり、その上を通るのである。甲板には、ゴム袋に入った米が六十袋ほど、ドラム缶のブイを付けて甲板にロープで括《くく》りつけてある。

飛行機の格納庫の中にも、一杯食糧が入っている。一日かかって軍需部の人が、潜水艦の中と甲板に積み込んでくれるのだ。また、運砲筒の中にも食糧が一杯入っているのである。

爆雷攻撃

孤立した戦線の将兵に物資を届けるために、潜水艦が輸送任務についたのである。

夜は水上を、昼は水中を走って、目的地に着くまでに敵機に爆弾を落とされたり、魚雷艇に追跡されたりする。

爆雷を四発落とされて百メートルまで潜航したときは、音を出さないように扇風機も止め、エンジンも停止して海底に沈坐していたことがある。

さすがに爆雷を四発も落とされたときは、艦がぐらぐらと揺れ、「もうだめか！」と思った。

百メートルもぐると、水圧が十メートルに一キログラム加圧されて海水が艦内に入って来るので、推進器のパッキンを締めたりして大変である。魚雷艇が遠ざかるのを、じいっと待つよりどうしようもないのである。

水中聴音機で推進器音を聞きながら、敵の魚雷艇が遠ざかるのを待つのである。だが、魚雷艇は引き返して来て、潜水艦の頭上を通過して行く。

みんな、上を向いて汗を流している。いま一発、爆雷を落とされたと思うと、ぞっとする。

「魚雷艇だんだん遠ざかります。感度三、二、一」

艦長の「潜望鏡上げ」一杯で、水深十八メートル、海上が見える。潜望鏡は二本あり、昼用は細く、夜用は太くて明るいレンズがついている。

商船と砲撃戦

艦長が見て、浮上しても大丈夫と思ったら、「潜航止め」「メインタンクブロー」で、潜水艦は海上にその姿を現わす。

そうして艦長は、「砲撃戦用意」「敵輸送船距離二千メートル打ち方始め」の命令を出すのである。すでに浮上する前に潜望鏡で、敵輸送船までの距離は計測済みである。

砲撃戦のときには、私には弾丸を砲身にこめる任務がある。大砲の固定を解いて水平にし、弾を込める。

薬莢《やっきょう》付きの弾丸を、一メートルの棒で砲身に入れ、尾栓《びせん》をしめて「発射用意よし」と報告すると、砲術長が「打て」の命令を出すのである。五〜六発打っても、なかなか命中しない。

商船からも、機銃で応戦されたことがある。

「打ち方止め」「潜航急げ」で、砲員は砲を固定する者、弾丸の入っている防水の蓋《ふた》を締める者、射角を固定する者などさまざまだ。三名が急いで艦橋へ上がって、艦内へすべり下りる。

見張りの者が「ハッチよし」で潜航し、深度十八メートルで水平になるように、操舵、横舵を使って調整する。艦長は「潜望鏡上げ」で、海上の様子を見るのである。

「魚雷艇、こちらに向かって来る。深々度潜航、深度九十、急げ」で、メインタンクに注水する。

「ベント開け」で、ベント弁から空気が抜け、潜水艦の重みとメインタンクの水の重みでズバッーと海中に沈んでいくのである。

音もなく　頭上にせまる　敵機より　爆弾落とされ　急速潜航

深度九十まで潜航し、自動注排水装置にセットすると、九十メートルの深度を保つ。また、前後のバランスは十名の人員を移動させて水平を保たせたこともある。

無音潜航

無音潜航である。扇風機も止め、音を出さないようにして、みんな汗びっしょりである。魚雷艇の通過するのを、じっと待つのである。

こうしたことにたびたび遭遇しながら、制空・制海権なき海原を行くのである。最前線の孤島で、食糧もなく蛇、蛙、鼠、何でも食べられるものは、焼いて食べている。そうした日本陸軍の人に、潜水艦で主として食糧を輸送してあげること二十三回におよぶ。

最初はゴム袋入りの米袋三十キロを、前甲板に六十袋、後甲板に六十袋。ドラム缶のブイを付けてロープで甲板に括りつけ、目的地の港に潜入する。

発光信号を陸地に向けて送ると、大発艇が潜水艦に横付けし、艦内の食糧を手送りで甲板に上げて大発艇にほうり込む。そして甲板の米のロープを切っては、陸軍の病人の人を十数名ほど、潜水艦に乗せるのだ。

艦長は食糧の上げ方が終わったのを見とどけると、「潜航用意」「各部ハッチよし」「ベント開け」で、ズバッーと潜航していくのである。

南海の　孤島に残り　戦いし　友軍の兵に　食糧輸送す

急速潜航急げ

二十三回のうち一回は失敗であった。大発艇の来るのが遅く、上甲板に艦内の食糧を上げて積み上げていたときに敵機が現われたのである。

艦橋の見張員の「敵機右三十度」の声。艦長の「急速潜航急げ」「各部ハッチ良し」で、乗組員は急速潜航がいつでも出来るように配置に付いているから、「ベント開け」でズバッーと潜航できるのである。

しかし、上甲板に上げた食糧は全部、海に沈んでしまったのだ。とはいっても、食糧よりも潜水艦と乗員の方が大事である。

航行中のときは三十度の角度で潜入し、十八メートルで水平にして、潜望鏡で海上

の様子を見るのである。艦長は、

「掃海艇、こちらに向かって来る。深々度潜航、深度八十、無音潜航」

米軍の掃海艇の探知機は、日本海軍より進んでいる。ちょっとした音でも探知して、頭上に来て爆雷を投下するのだ。

艦内の音を出さないようにして扇風機も止め、みんな汗を流しながら、じいっと我慢をするのである。

大発が　横付けするを　待ち受けて　重病の人　艦内に入れる

掃海艇は二、三発爆雷を投下して、だんだんと遠ざかって行く。潜水艦の中で誰かが、「やれやれ、救《たす》かった」という。一発、頭上に爆雷を投下されていたら、浸水して全員戦死である。

こうした攻撃は、一回の航海に二、三回は遭遇する。だが、太っ腹な安久艦長の命令によって乗組員全員が必死で部署を守り、南方の孤立した島々ラエ、サラモア、コロンバンガラ、ブイン、スルミ、シオなどへ食糧、兵器、弾薬を、ラバウルを基地にして輸送したのである。

そして帰りには、病気になって入院が必要な人を十数人、潜水艦に乗せてラバウルの病院に送り込むのである。

何回目かのとき、「ラバウルに着いたぞ」というと、安心したのか、呼吸が止まって死亡した人がいたことがある。ラバウルの病院でやっと治療が受けられるというのに、可哀そうにと思った。

白波を　けたてて進む　鉄鯨の　ウェーキつける　敵機の追尾

ラバウルには西と東に陸海軍の飛行場があり、輸送任務が二十回の頃になると、毎日二回は敵機の空襲警報があった。警報と同時に積み込み作業は中止し、潜航して海底に沈坐し、警報解除まで休養である。

「クカクカ」の水中信号で浮上すると、飛行場の方で敵機の空襲によって火災が発生していたことがたびたびあった。

昭和十八年十二月下旬、ラバウルを出港、トラック島に寄港して一路、日本に向けての航海である。八ヶ月間の食糧輸送任務を終え、懐かしの呉の母港に一月六日に入港する。

一週間の温泉休養

昭和十九年一月中旬、半舷（乗組員の半分）ずつ上陸し、休養のために湯田中温泉に一週間の静養に向かう。田舎の田んぼの中に四～五軒の旅館があり、その中の一軒に宿泊する。

のんびりと休養し、退屈したので小学校へ卓球をしに行った。すると、子供たちから潜水艦の話をしてほしいといわれ、厳しい任務の一端を話してあげた記憶がある。

横須賀海軍航海学校入校

昭和十九年二月二十七日、運用術操舵高等科練習生として横須賀海軍航海学校に入校するため、私は伊号第三十八潜水艦を退艦する。

即日、呉駅より一人で汽車に乗り、二十時間ほどかかるため、途中、大府駅で下車して家に立ち寄り一泊し、次の日に横須賀の航海学校に向かった記憶がある。

当時はまだのんびりしたものだった。終戦前でもあり、新幹線もなく鈍行で、各駅停車である。

大きい駅で駅弁を買って、食べながらの旅である。話す相手もなく、半分は寝ていった。

海軍航海学校に着くと、操舵、信号、応急に分かれて校舎に入り、五ヶ月間の学校生活である。

午前中は学科を勉強し、午後は横須賀湾へ行き、練習船に乗って実習である。天体観測、測程儀、測深器などの実地操作を五ヶ月間、勉強するのである。

我々が必死に勉強しているのに、講義だけを聞いて後はのんびり遊んでいた者が一人いた。だが、卒業のときに彼はクラスで一番の成績で、恩賜の金時計をもらったのである。

頭の出来が違うのだと思った。普通の者は試験の前夜は常夜灯の下で、一生懸命に勉強している。私もその中の一人であった。

初恋の人との別れ

五ヶ月間はアッという間に過ぎ去って昭和十九年七月二十八日、第二十二期高等科運用術操舵練習生教程を卒業し、「同日、呉海兵団付を命ず」「横須賀―呉間、隊伍陸行」で、昭和十九年七月二十九日より呉海兵団で臨時勤務となった。

兵十名ほどを引率し、軍需部衣服科へ弁当持参で作業に行った。女子工員が縫製《ほうせい》した軍服を箱に入れ、倉庫に納める作業である。

昼休みが一時間あり、廣《ひろ》から通っていた女の子と親しくなり、いろんな話をするようになった。

彼女は一人娘で、養子をもらって親の世話をする義務があるといっていた。二十歳とは思えぬ、しっかりとした娘さんであった。

私が外出するのを西門のところで待っていて、「だれを待っているの」と聞いたら、

「あなたを待っていたの」といわれ、二人で歩いて集会所へ行き、食事をしたり、甘いものを食べたり、コーヒーを飲んだりした昔を、懐かしく思い出すことがある。

涙ぐむ　愛しき人を　なぐさめて　別れた後の　心むなしく

私が第一志望として潜水艦乗組員を希望していた当時、「ダンチョネ」の替え歌に、「娘さん、潜水艦乗りには惚れるなよ、三月《みつき》もせぬ間に若後家《ごけ》となる、ダンチョネ」と歌われたものだ。

その理由とは、アメリカの水中聴音機は日本のものよりはるかに性能がよく、ちょっとした音でも追尾され、爆雷を投下されて沈没した潜水艦がたくさんあったからである。

深々度潜航

私も伊号第三十八潜水艦乗組のとき、何回もそうした目にあい、深々度潜航をして扇風機まで止めて、魚雷艇の遠ざかるのをじいっと待ち、汗を流しながら推進機のパッキンのおさえを締め付けたことがある。

（注、百メートルも潜航すると十キロの圧力が加わり、推進機のところよりジワーッと海水が艦内に入って来るので、パッキンの押さえを締め付けなくてはいけないことがたびたびあった）

トイレもポンプで排出するのに、重くて排出できないときがあった。そのときは浮上してからにするか、タンクにためておくかである。

入浴はラバウルに入港したとき、潜水母艦に行って入浴するか、基地隊で上陸したときだけである。二十日間ぐらい入らないときは常時あり、そのときは体をタオルで拭くだけである。海水から水を作る機械もあるが、洗面器一杯の水が高価につくのである。

冷暖房もあり、製氷器もあり、アイスクリームも出来る、日本で一番新しい潜水艦であった。

昭和十八年三月から昭和十九年二月末まで約一年間、南方で輸送任務（主として食糧を輸送する）に従事した。

その任務も終わって呉の母港に帰ることになり、ラバウルを昭和十八年二月末日に出港した。トラック島に寄って一路、母港に向けて北上する。打ち振る帽に迎えられて、呉軍港に入港する。

高練の　学校めざし　呉をたち　潜水艦と　永久の別れに

昭和十九年一月中旬から半舷ずつ温泉休養があり、湯田中温泉で一週間の休養に出発する。田舎の温泉でのんびりと休養した。

昭和十九年二月二十七日、横須賀海軍航海学校運用術（操舵）高等科練習生として、入校のために伊号第三十八潜水艦を退艦したのである。

墓参休暇

軍艦「日向」は昭和十六年二月～三月、作戦行動を終え、各地で入出港を繰り返しながら、乗組員の休養のため、昭和十六年六月五日、伊勢湾に入港する。四日市港に戦艦が停泊するのは珍しく、魚船に乗って沢山の人がやって来て、遠くから「大きいなあ！」と見守っていた。

「日向」の乗組員は、愛知、三重、岐阜の者が多いので、墓参休暇が出たのである。交替で四日間、わが家に帰り、墓参をすませて、親兄弟と会食をした記憶がある。私は海軍に入隊して一年になる。一年も海軍の飯を食うと、先輩からしごきたおされているから、内部事情がだいぶわかるようになって来ていた。

要はなんでも人より早く動いて、人の右に出ることである。勉強も同じである。本人の努力あるのみ。先輩にさからわず、「軍人は要領を本分とすべし」である。私の経験からいえることである。

私が海軍に入隊した後、姉が緒川へ嫁《とつ》いでいるとのことで会いに行ったら、男の子が生まれていて可愛いかったので、一緒に写真を撮ったりして家に帰った。

翌日は一人で名古屋へ映画を見に行く。海軍の水兵服で映画館に入ったら満員なので、後ろの方で立って見ていた。すると女の人が近づいて来て、私の手をにぎってはなそうとしないのである。

この人、何を考えているのか？　と思って顔を見たが、暗くてよく分からなかった。

たぶん、おばさんのようだった。

可愛い水兵に見えたので、私をからかってやろうと思ったのか、私にとっては大変迷惑なことである。酒も煙草もやらない、純情な少年水兵なのである。

当時は水兵の帽子のリボンに、艦船の名前が入っていた。だから、「軍艦日向」とか「伊勢」とかの名前が入った帽子をかぶった水兵が上陸していると、この港に軍艦が入港しているということがわかるのである。

しかし、外国からスパイがたくさん日本に入っていることもあったので、帽子から軍艦名をなくして「大日本帝国海軍」となり、海軍一等水兵が水兵長となったのである。

ちなみに私は、昭和十五年六月一日、海軍四等水兵を命ず。海兵団卒業で三等水兵を命ず。次は二等水兵を命ず。そして一等水兵を命ずである。

昭和十七年十一月一日、勅令第六百十一号により水兵の軍帽リボンおよび階級の名称が改正されたのである。

横須賀海軍航海学校

昭和十九年二月二十七日、私は運用術操舵高等科練習生として航海学校に入校を命じられた。私は伊号第三十八潜水艦乗組のとき、輸送任務でラバウルを基地にして入港した際に、高練（高等科練習生）の試験を受けた記憶がある。

航海学校で教わるのは天文航法、地文航法で、六分儀を使って太陽、月、星などの角度を計り、三角関数表で自分の船の位置を計算し、目的地の方向へは何度で進めばよいかを、ジャイロコンパスで決定するのである。

ジャイロコンパスは、毎分二万回転し、常時、指北作用をしている機械である。航海に必要な機器を受け持つのは操舵長である。

出港一時間前にはジャイロコンパスのスイッチを入れて、液温が上がって指北作動をしているかを確認する。つぎに測程儀室（艦底にあり）におり、測程儀の発信器棒を艦底におろす。

発信器棒は約一メートルで、艦底から海に突き出させるが、その先端に小さいプロペラがついている。そのプロペラの回転によって、艦が現在何ノットのスピードで走航しているかがわかるのである。

受信器が艦橋にあって、当直が艦長に現在何ノットで走っているかを報告する。また、同じ艦底から水晶発信器より電波を海底に発射し、電波が帰ってくる時間によって海の深さを計測するのである。

海は果てしなく広いし、深いところは三千〜四千メートルもある。私が乗っていた伊号第三十八潜水艦は、フィリピンの沖で、三千メートル以上のところに現在も乗組員九十八名とともに沈坐しているのである。

航海学校は午前中は学科を勉強し、午後は実地訓練である。週二回は実習船で横須賀湾を走りまわって、故障のときにはどこが悪いか？　を一番に見つけ、どこを修理したらよいかを、教官から手を取って教えてもらうのである。

普通科のときに基礎的な勉強はしているので、高等科のときにはより高度な技術的な勉強が要求される。そして艦船に配属されると、中堅的な配置となり、若い兵隊を指導する立場となるのである。

試験の前日には、みんな、常夜灯の下で教科書を必死になって読んだり暗記したりしたことが、六十何年前とは思えぬ昨日のことのように懐かしく思い出され、若き日をあの頃は張り切っていたなあーと思う。

練習船に乗り、毎週二回は横須賀湾を航海し、実地に勉強するのである。各班に分かれて舵輪をにぎり、「艦長の号令で面舵《おもかじ》三十度」。操舵手は「面舵三十度宣候《ようそろ》」。舵輪を回して三十度の方向に進むのである。

操舵の練習が終わると、つぎは測程儀の電路図および構造を勉強する。交替で海中操入方法および引き上げ方法などを実地に練習するのである。

測深儀の勉強は、まず第一にバッテリーの充電から始まり、液の補充方法、電波発信器の構造、電路図の勉強などである。五ヶ月間の学校生活の終わりの頃には、毎日試験があったように思う。

実地訓練も終わって昭和十九年七月二十八日、第二十二期高等科運用術操舵練習生教程卒業。同日、呉海兵団付を命ず。同年七月二十九日、呉着入団。横須賀——呉間、隊伍陸行。同日、命団内臨時勤務。

軍艦「日向」行動年表

大正4年5月6日　三菱長崎造船所にて起工
大正6年1月27日　進水
大正7年4月30日　竣工、佐世保鎮守府籍に入る
大正7年4月30日　第一艦隊第一戦隊に編入す
大正7年4月30日　艦長・中川繁丑《しげうし》大佐着任

大正7年11月10日　艦長・三村錦三郎大佐着任
大正8年10月24日　千葉県野島沖で三番砲塔爆発
大正8年11月20日　艦長・勝木源次郎大佐着任
大正9年7月21日　豊後水道にて帆船尋宮丸と衝突
大正9年8月29日　館山出港、ソ連領沿岸行動
大正9年9月7日　小樽入港
大正9年11月1日　予備艦となる
大正9年11月20日　艦長・石川秀三郎大佐着任
大正10年11月20日　艦長・井手元治大佐着任
大正11年4月1日　第三艦隊第六戦隊に編入
大正11年5月24日　舞鶴出港、ソ連沿岸行動
大正11年6月2日　小樽出港
大正11年11月20日　艦長・宮村歴造大佐着任
大正11年12月1日　第一艦隊第一戦隊に編入
大正11年12月1日　呉鎮守附に転籍

大正12年8月25日　横須賀出港、中国沿岸警備に従事
大正12年9月4日　有明湾入港
大正12年12月1日　艦長・島裕吉大佐着任
大正13年3月8日　佐世保出港、中国方面行動
大正13年3月20日　馬公入港
大正13年9月23日　佐伯湾で四番砲塔弾薬庫火炎事故
大正13年12月1日　艦長・今村信次郎大佐着任
大正14年3月30日　佐世保出港、秦皇島方面行動
大正14年4月5日　旅順入港
大正14年10月20日　艦長・高崎親輝大佐着任
大正15年12月1日　艦長・尾本知《さとる》大佐着任
昭和2年12月1日　予備艦となる
昭和2年12月1日　艦長・鈴木義一大佐着任
昭和3年5月1日　第一艦隊第一戦隊に編入
昭和3年12月10日　艦長・大野寛大佐着任

昭和4年3月29日　佐伯出港、北支方面行動
昭和4年4月22日　佐世保入港
昭和4年11月30日　予備艦となる
昭和4年11月30日　艦長・伴次郎大佐着任
昭和5年12月1日　第一艦隊第一戦隊に編入される
昭和6年3月29日　佐世保出港、青島方面行動
昭和6年4月5日　佐世保入港
昭和6年12月1日　艦長・日比野正治大佐着任
昭和7年3月27日　佐世保出港、第一次上海事変に参加
昭和7年4月3日　大連入港
昭和7年10月15日　予備艦となる
昭和7年12月1日　第一艦隊第一戦隊に編入される
昭和8年6月29日　佐世保出港、中支方面行動
昭和8年7月4日　基隆《キールン》入港
昭和8年7月13日　馬公出港、南洋方面行動

昭和8年8月21日　木更津入港
昭和8年11月15日　艦長・沢本頼雄大佐着任
昭和9年9月27日　旅順出港、青島方面行動
昭和9年10月5日　佐世保入港
昭和9年11月15日　予備艦となる
昭和9年11月15日　艦長・高橋顛雄《ひでお》大佐着任
昭和9年11月24日　呉工廠にて大改装工事に着手
昭和10年9月11日　艦長・杉山六蔵大佐着任
昭和11年9月7日　大改装工事終了
昭和11年11月16日　艦長・高須三郎大佐着任
昭和11年12月1日　第一艦隊第一戦隊に編入される
昭和11年12月1日　艦長・田結穣大佐着任
昭和12年3月27日　佐世保出港、青島方面行動
昭和12年4月6日　佐世保入港
昭和12年9月15日　佐世保出港、北支方面行動

昭和12年9月23日　佐世保入港
昭和12年12月1日　艦長・宇垣纒大佐着任
昭和13年4月9日　佐世保出港、南支方面行動
昭和13年4月14日　基隆入港
昭和13年10月17日　佐世保出港、南支方面行動
昭和13年10月23日　馬公入港
昭和13年11月15日　艦長・西村祥治大佐着任
昭和13年12月15日　予備艦となる
昭和13年12月15日　艦長・平岡粂一大佐着任
昭和14年2月10日　艦長・代谷清志大佐着任
昭和14年11月15日　艦長・原田清一大佐着任
昭和15年7月16日　練習艦となる
昭和15年11月1日　艦長・橋本信太郎大佐着任
昭和15年11月15日　第一艦隊第二戦隊編入
昭和16年2月24日　佐世保港出港、南支方面行動

昭和16年3月3日　馬公入港
昭和16年3月6日　馬公出港
昭和16年3月11日　有明湾着
昭和16年3月29日　呉へ回航
昭和16年4月26日　呉出港
昭和16年4月27日　宿毛湾入港
昭和16年5月13日　宿毛湾出港
昭和16年5月14日　別府入港
昭和16年5月18日　宿毛湾へ回航
昭和16年6月4日　出港
昭和16年6月5日　四日市入港、18日間在港
昭和16年6月23日　有明湾へ回航
昭和16年6月27日　出港
昭和16年6月30日　横浜入港
昭和16年7月6日　木更津沖へ回航

昭和16年7月8日　木更津沖出港
昭和16年7月11日　有明湾入港
昭和16年7月16日　有明湾出港
昭和16年7月17日　松島入港
昭和16年7月21日　小松島出港
昭和16年7月22日　宿毛入港
昭和16年7月27日　宿毛出港
昭和16年7月27日　別府入港
昭和16年8月1日　別府出港
昭和16年8月1日　佐伯入港
昭和16年8月21日　佐伯出港
昭和16年8月21日　柱島入港
昭和16年9月1日　柱島出港
昭和16年9月1日　呉入港
昭和16年9月1日　艦長・石崎昇大佐着任

昭和16年9月18日　呉工廠入渠
昭和16年9月26日　同出渠
昭和16年10月3日　呉出港、同日、室積沖着
昭和16年10月10日　呉へ回航
昭和16年10月20日　佐伯へ回航
昭和16年11月19日　柱島へ回航
昭和16年11月22日　呉へ回航
昭和16年12月8日　機動部隊支援
昭和16年12月26日　柱島へ回航のため柱島出撃
昭和16年12月13日　柱島に帰投
昭和17年2月10日　艦長・松田千秋大佐着任
昭和17年3月12日　敵機動部隊迎撃のため柱島出撃
昭和17年3月16日　伊勢湾に帰投
昭和17年3月20日　伊勢湾出航
昭和17年3月21日　柱島入港

昭和17年4月18日　敵機動部隊迎撃のため柱島出撃
昭和17年4月22日　柱島入港
昭和17年5月5日　伊予灘で訓練中、第五番砲塔爆発事故
昭和17年5月29日　柱島入港、ミッドウェー海戦に参加
昭和17年6月17日　横須賀入港
昭和17年6月22日　横須賀出港
昭和17年6月24日　柱島入港
昭和17年7月14日　連合艦隊付属に編入される
昭和17年10月26日　呉工廠入渠
昭和17年11月1日　出渠
昭和17年12月10日　艦長・大林末雄大佐着任
昭和18年4月11日　呉工廠にて十四糎《センチ》砲の撤去工事に着手
昭和18年4月28日　佐世保工廠に向け呉出港
昭和18年4月29日　佐世保入港
昭和18年5月1日　訓令改装による航空戦艦への工事作業着手

昭和18年6月26日　佐世保工廠に入渠
昭和18年7月1日　予備艦となる
昭和18年7月1日　艦隊・荒木傳大佐着任
昭和18年9月1日　艦長・中川浩大佐着任
昭和18年10月1日　佐世保工廠出渠
昭和18年11月18日　訓令による改装工事終了
昭和18年11月19日　佐世保出港
昭和18年11月20日　徳山入港
昭和18年11月22日　伊予灘にて諸公試験を行なう（四日間）
昭和18年11月30日　第一艦隊第二戦隊に編入
昭和18年12月1日　呉柱島方面において訓練に従事
昭和18年12月5日　艦長・野村留吉大佐着任
昭和19年2月25日　連合艦隊付属に編入される
昭和19年5月1日　第三艦隊第四航空戦隊に編入される
昭和19年5月24日　三連装機銃八基新設工事着手

昭和19年6月7日　呉工廠入渠
昭和19年6月17日　出渠
昭和19年10月20日　内海西部出撃、比島沖海戦に参加
昭和19年10月29日　呉入港
昭和19年11月7日　佐世保へ回航
昭和19年11月8日　佐世保出港、マニラに向かったが空襲のため入港できず
昭和19年11月22日　リンガ湾泊地入港
昭和19年11月15日　第二艦隊第四航空戦隊に編入
昭和19年12月12日　リンガ湾泊地出港
昭和19年12月14日　カムラン湾入港
昭和19年12月18日　カムラン湾出港
昭和19年12月18日　サンジャック入港
昭和19年12月30日　サンジャック出港
昭和20年1月1日　リンガ湾泊地入港
昭和20年1月1日　南西方面艦隊付属に編入

昭和20年2月10日　連合艦隊付属に編入
昭和20年2月11日　シンガポール出港、軍需品を搭載して内地に向かう
昭和20年2月20日　呉入港
昭和20年3月1日　予備艦となる
昭和20年3月1日　艦長・草川淳大佐着任
昭和20年3月19日　呉にて艦載機の攻撃を受けて爆弾命中
昭和20年7月24日　呉にて艦載機の攻撃を受けて大破着底す
昭和20年11月20日　除籍

（以上、「日向行動年表」は伊藤久氏著作による）

別府海軍病院の思い出

昭和十五年六月一日、海軍志願兵として呉海兵団に入団、同日、「海軍四等水兵を

命ず」で海兵団で新兵教育が始まる。約四ヶ月半で卒業し、「日向乗組を命ず」で、即日乗艦、「日向」第一分隊三十六センチ砲員として勤務することになる。第一分隊は、前甲板の受け持ちである。

毎朝、総員起こし後、朝礼、体操をすませてから甲板掃除がある。海水をポンプで汲み上げ、甲板に流して掃除するのである。

錨の鎖が両舷にあり、掃除のときに向こう脛《ずね》の皮がむけた。大丈夫だと思っていたら、海水が入り、四〜五日したら化膿して足がはれて来た。

軍医に見せたら、「海水の黴菌《ばいきん》が入ったな。入院して足を切断するかもしれないぞ」という。軍医はおおげさに言ったのである。

昭和十五年十一月十五日、「日向」は連合艦隊に編入される。「日向」は訓練のため別府港に入港中であったので、港からバスに乗って海軍病院に入院したのである。約三週間、入院していたが、全治退院し、商船に便乗して呉海兵団に仮入団する。

「日向」は訓練のため、志布志港に碇泊していた。そのため陸行で志布志に向かい、呉を出発する。今のように早い新幹線もない時代である。各駅停車で、九州の南端、志布志まで行くのである。

あまり長い時間、汽車に乗っているので、腰が痛くなってきて、駅のホームで停車中に体操をしたりした。

昭和十六年一月二十七日、無事に「日向」に帰艦する。我が家に帰ったような気持ちである。同年兵が、

「お前、太ったな！　病院でうまいものばかり食っていたのだろう！」とか、「別嬪《べっぴん》の看護婦さんがいたか?」とか、半分はひやかしとやっかみである。だが、そうした心づかいがまた嬉しいもので、

「別嬪の看護婦さんに惚れられてまいった」

「馬鹿者、のろけるな！　お前がもてるわけがない」

みんな大笑いである。そして今晩、一杯やろうということになる。

昭和十六年二月五日、志布志港を出港し、佐世保港に入港する。二月十日から水、食糧、燃料、重油野菜の積み込みが始まる。今度は南支方面へ行くとのことである。

昭和十六年二月二十四日、南支方面に向け佐世保を出港し、同年三月三日、馬公に入港。三月十五日、基隆《キールン》入港。台湾を一周し、母港である呉軍港へ帰ったのである。

軍艦「日向」操舵員

昭和十六年九月三十日、第七期普通科運用術操舵練習生として、「海軍航海学校に入校を命ず」で、呉～横須賀間、普通旅行である。今のように新幹線もないから、普通列車に乗り、大きな駅で駅弁を買って食べながらの、のんびりとした旅である。

昭和十六年十月一日、海軍二等水兵を命ず。

昭和十七年一月三十一日、第七期普通科運用術操舵練習生教程卒業。軍艦日向乗組を命ず。

昭和十七年二月二日、軍艦日向乗艦（二回目）。

昭和十七年十月三十一日、海軍一等水兵を命ず。

昭和十七年十一月一日、勅令により水兵長となる。

軍艦「日向」は、呉を基地として太平洋方面の作戦に従事する。昭和十七年一月から昭和十八年一月まで一年間、私は「日向」の操舵員として五～六月には北太平洋方面の作戦に従事した。

米艦隊南下の情報があり、戦艦「陸奥」「長門」「伊勢」「日向」、巡洋艦、駆逐艦などが迎撃のためにアリューシャン方面に向かったが、敵艦隊と遭遇せず、むなしく引き返したのである。

北の海は、五月、六月でも厳しい寒さであった。飛沫《しぶき》が艦橋のガラスにあたり、腕ぐらいの氷柱《つらら》ができて、だんだん太くなるのである。防寒服に防寒帽、防寒手袋をして操舵をしていても、足ぶみしながら寒さと戦った記憶がある。

北の海は荒れる。三万トンの戦艦でも上下左右に揺れて、小さい艦船より気持ちが悪い。揺れ方が大きく、ゆっくりと上下に揺れるので、食べたものをもどしそうになる。

小さい船の方が荒く揺れ、嵐に慣れると、その方が船酔しない。いろいろな作業があり、仕事がいそがしくて船酔をしているひまがないのである。

昭和十八年一月十三日、第二回下士官および兵潜水艦講習員として、海軍潜水学校呉分校に派遣される。潜水艦の構造および目的、各部の名称を勉強する。

実地訓練では、沈没したときの脱出方法を学ぶ。円筒型の太い鉄管に水を満水にして下方から入り、二人一組で脱出するのである。十メートル浮上したら、ちょっと停止して水圧調整をする。一度に三十メートルも浮上すると、潜水病でのびてしまうからである。このように毎日、厳しい訓練が続けられたのである。

昭和十八年二月二十七日、講習終了。「日向」に復帰する。

昭和十八年三月一日、伊号第三十八潜水艦は、佐世保工廠で起工された。艤装員長は安久栄太郎中佐。

輸送任務

昭和十八年二月一日より呉潜水基地隊で乗組員の訓練が行なわれる。同年四月一日、第一艦隊第十一潜水戦隊に編入され、猛練習が続く。同年四月三十日、第六艦隊第一潜水戦隊に編入され、輸送任務に従事する。

後部甲板の大砲も取り外し、飛行機も出して、主として食糧輸送専門の潜水艦として行動するのである。ゴム袋入りの米を、後甲板にあるドラム缶のブイに取り付ける。三十キロ入りの袋を六十袋、ロープで甲板に括《くく》り付けて輸送する。

艦内の通路には、罐詰入りの木箱がビッシリとならべてあり、その上を通るのである。また、沢山の量を送るために、運荷筒や運砲筒を潜水艦がワイヤーで曳航テストして行く。潜水艦と同じように潜航できるのである。

何回も曳航テストをやったことがある。ラバウルの港外で、初めは潜水艦と同じように潜航せず水上を曳航したり、潜入しすぎたりする。運荷筒、運砲筒の潜舵、横舵の調整はむずかしいのである。

ラバウルの工廠の技術者が潜水艦に同乗し、毎日テストで潜航浮上するのだが、スピードによって六メートルの深さで曳航できるように調整するのである。

運荷筒、運砲筒の曳航は、八回ほど行なったと思う。曳航のほかに輸送回数は二十三回、輸送量は七百五十三トンである。我が軍の将兵が、食べるものがなく苦しんでいると思うと、少しでも多く送り込んであげたいと思ったものである。

第二部——艦隊ぐらしの青春

陸軍工廠から海軍へ

昭和十二年七月七日の深夜、中国の北京郊外の盧溝橋《ろこうきょう》付近で、演習中の日本陸軍中国駐屯歩兵部隊と中国軍二十九軍との間で銃撃戦が起きた。この小さな銃撃戦から、その後八年間も日中戦争が続くのである。まさに軍拡の時代へと突入していくのである。

当時、私は陸軍工廠熱田工場に勤務していた。母親が作ってくれる弁当を持って朝六時前に起き、自転車で大府駅まで四キロを三十分かかる。大府駅から汽車に乗って三十分、熱田駅下車。徒歩で五分、陸軍工廠の衛門に入る。

工場は朝七時から夜七時までの勤務である。十二時間労働が普通である。昼には一時間の休憩がある。

その工場で、静岡出身の堀江君と私は気が合って、時勢を語り合った。これから日本はどうなるかとか、自分たちの将来を語り合っていたのである。彼の下宿にも遊びに行き、泊まって来たりした。彼の下宿は高蔵神社の前にあった。

翌朝、神社の横の食堂で食事をする。朝食は八銭。昼、夕食はおかずにより十三〜十五銭であったと思う。名古屋の市電が七銭で、乗り継ぎ券を出せば市内中が乗車できた時代である。

工廠の幹部は陸軍の将校で、熱田工場も高蔵工場も工場長は、陸軍の工作科の将校であった。

堀江君は陸軍工科学校へ、私は海軍への道を選び、二人で工場長のところへ退社のお願いに行くと、堀江君は大変ほめられた。卒業すると工廠へ配属になるからである。

だが、私の方は工場長から、

「なぜ陸軍の工廠にいて、海軍に行くのか？」

と詰問され、ちょっと言葉に詰まったが、

「はい、私は海が好きで、海軍に入隊して大きな軍艦に乗って御国のために尽くしたいと思っております」

と、我ながら上手に答弁ができたと思った。工場長からは、「よし、二人ともしっかり頑張って勉強し、立派な軍人になるように」とのお言葉をもらい、昭和十五年四月、堀江君は陸軍工科学校へ進んだ。

私は昭和十五年五月、私は始めて母親に打ち明けた。「俺は海軍に行く」と。そして横須賀の役場で徴兵検査を受け、甲種合格であること、六月一日には呉海兵団へ入団することを話した。

母親は、「なんで志願までして行くのだ」と不足そうにいう。陸軍工廠の休日には、百姓を手伝っていたので、その働き手がなくなるからである。姉も母をたすけて百姓をしていた。

父親は私が小学校六年のとき、寝ていて朝六時ごろに「ウーン」と声を出したのが最後で、心臓麻痺であっけなくこの世を去った。だが、母には悲しんでいるひまはなかった。私の下には妹が二人いる。小学四年生と小学二年生で、その世話で大変であった。

その母親の気持ちを静めるため、私は意を尽くして説明したのである。同級生より三年早く海軍に入った方が有利だ。同級生が二十一歳の徴兵検査で入隊して来たときには、私は下士官になっていて、彼らは私に敬礼をしなくてはいけない等々。

当時、私は一メートル六十四センチあり、学校で野球をしていたので体力には自信があった。海軍に行くのを前もって母に相談すれば、反対されるのがわかっていたので事後承諾である。入隊までに一ヶ月しかないので、母親が色々と準備をしてくれたようだ。

海軍志願兵に合格

昭和十五年五月三十日、村の人々や同級生が神社に集合し、私のために出征を祝ってくれた。徒歩で幟《のぼり》を先頭に二十名ほどが、吉川の第四小学校へ寄って大府駅まで同行し、万歳万歳で見送ってくれたが、いまも六十余年前のこととは思えないほどに私の記憶に残っている。

青年学校の制服制帽で、敬礼をしながら一人、汽車に乗って呉海兵団へ向かう。昭和十五年六月一日、呉海兵団へ入団するためである。

なつかしき　古里後に　汽車に乗り　大志をいだき　呉の海兵

六月一日は朝から海兵団練兵場で、入団者の身体検査である。軍医の内診、肺活量検査など、裸になって検査を受けるのである。病気の者は、その場で不合格の印をおされ、出生地へ帰される。

合格した者には軍服、帽子、下着、作業衣、靴などが二着ずつ支給されるが、その着用の方法がわからない。そのため班長や助手が、リボンやステップの結び方などを手取り足取り教えてくれる。可愛い水平さんの出来上がりだ。

十六歳から十八歳の志願兵である。これから五ヶ月余、厳しい訓練が待ちうけているのである。パンツのかわりに生まれて始めて越中褌《ふんどし》を身につけ、

「ゆるんでくると、横からせがれが顔を出すな」

と、班の者と話していると、教班長が、

「何をぼそぼそいっているのか。早く下着を付けて軍服を着ろ」

といわれ、二人が「はい」と答えて新品の下着に軍服を身に付け、各班に分かれて整列する。

「いま着た軍服を脱いで、作業服に着替えろ」の命令である。軍服のたたみ方もわからないため、班長や助手に教えてもらい、衣嚢《いのう》に納める。野尻教班長が私を呼んで、

「花井、貴様は声が大きいから、班の号令をかけろ」

といわれ、背の高い者から順番に整列させる。一班が十五名で十班あり、一コ分隊百五十名が一教部と二教部にわかれている。全員、名札を胸に付けている。

早く名前を覚えなくてはと思い、体つきや顔の細い、長い、丸いなどの特徴を頭に入れて、教班長のいわれる通りに号令をかけた。

全員整列し、「右向け右」。中には左を向く間抜けもいる。教班長の大きな声がとぶ。

「こら、右と左と間違えるな」

「各自、衣嚢を持って教室に入れ。これからハンモックの釣り方と括《くく》り方、納め方を教える」

今晩からハンモックで寝るのだ。寝相《ねぞう》の悪いのは、ハンモックから落ちるのである。

若いし、一日の疲れで下に落ちたまま寝ている者もいる。不寝番が回って来て、

「こら、どこで寝ているか」

と起こされ、ハンモックへ上って寝る者もいる。

一日の始めは、起床ラッパで起きる。海軍にはなんでも五分前がある。総員起こし五分前の号令が拡声器から流れると、ハンモックの中で藁布団《わらぶとん》の上に毛布を二枚たたみ、整理をして待機する。

「東の空が白んで夜が明けた。お寺の坊さん、鐘たたけ」……新兵さんも古兵さんも皆、起きろ、起きさんと、班長さんに叱られる。

起床ラッパが響きわたると、一瞬にしてハンモックの寝室は戦場となる。起床ラッパと同時にハンモックからとび下りて、ハンモックの中身が見えないように五ヶ所を括る。要領の悪い者はモタモタしていて、硬《かた》く括れないのである。

所定のところへ納め、作業衣を着て練兵場へ走って各班整列するのだが、一人だけなかなか出て来ない者がいる。全員整列しないと、教班長に報告できない。これから先五ヶ月半、このように毎朝の訓練が続くのである。

点呼をとってから体操をしている間《あいだ》に、各班から三名が交替で給食の食卓当番にな

る。体操中に朝食の用意をするのである。教班長や助手の指導によって新兵教育も佳境に入り、新兵は日一日と要領よくできるようになっていくのである。午前中は学科、午後は訓練である。衣、食、住、給料付きの学校と同じである。

初任給は四等水兵で、六円五十銭だったと思う。当時の市電が七銭で、市内全区乗車できた時代である。海兵団内外の見学および呉市内の見学など、四日間に覚えることは山ほどあった。

入団式の訓示

昭和十五年六月五日、軍服を着て練兵場に集合し、入団式が行なわれた。呉鎮守府司令長官の訓示があり、いよいよ新兵教育が始まるのである。

呉鎮守府司令長官　海軍中将・日比野正治閣下

昭和十五年度志願兵後期（六月一日～十月十五日）

呉海兵団長　海軍少将・畠山耕一郎閣下
新兵科長兼四水教育主任　海軍中佐・藤井正亮
新兵海兵団副長　海軍大佐・大田実
教育副官　海軍少佐・林鉦二郎
新兵科長付兼四水教育主任付　海軍特務少尉・樋口慶一
第十四分隊長　海軍中尉・今井保一
第十四分隊士　海軍兵曹長・永井忠秋

第十四分隊新兵百四十名を、十教班に分割する。教班長下士官十名、助手四名で教育訓練をする。

つぎは入団式での呉鎮守府司令長官訓示――

皇記當《まさ》ニ二千六百年擧国一致聖戦貫徹ニ邁進シツツアルノ秋　諸子選バレテ海軍軍籍ニ入リ大元師陛下ノ股肱《ここう》トシテ護国ノ重任ヲ擔《にな》フノ光栄ニ浴ス　諸子ノ本懐之ニ過グルモノナク本職亦衷心慶賀ニ堪ヘザル所ナリ抑《そもそも》我ガ海軍人ハ厳粛ナル軍紀ノ下ニ忠節ヲ盡《つく》スヲ以テ本分トシ諸子ノ先輩亦常ニ聖諭ヲ奉体シテ心身ノ陶冶ト術力ノ錬成ニ

努メ過去数次ノ聖戦ニ幾多ヲ克服シテ武威ヲ中外ニ顕揚シ以テ皇国ノ偉業ヲ翼賛シ来レリ今ヤ支那事変ハ戦局大ニ進展シ興亜ノ大業将《まさ》ニ難ク国際情勢極メテ機微ナルモノアリテ帝国海軍ノ責務今日ヨリ大ナルハナシ　諸子ハ此ノ重大時局ニ際シ一家ノ栄誉ト郷党ノ期待トヲ双肩ニ擔ヒ光輝アル海軍軍籍ニ入ル須《すべか》ラク其ノ重責ヲ肝銘シ克《よ》ク上司ノ薫陶ニ遵《したが》ヒ一意軍人精神ヲ涵養シ技能ヲ磨キ先輩ノ遺烈ヲ継承シテ速ニ精強ナル軍人トナリ以テ護国ノ大任ヲ完フセンコトヲ期スベシ

昭和十五年六月五日

呉鎮守府司令長官　日比野正治

呉海兵団

昭和十五年度後期の新兵は一分隊から十五分隊まであり、二千百人の新兵の教育に、分隊長、分隊士、教班長、助手のほかに新兵教育係として下士官・兵三十五名が当たる。共に協力して訓練に、器具の準備から後片付けなどをして新兵教育がスムーズにできるようにするのである。

まず第一に軍事教練からである。三八式《さんぱち》歩兵銃を肩にかつ いで分隊行進、ついで捧げつつから匍匐《ほふく》前進、射撃訓練など基礎から教えられていくのである。分隊行進のときには、教班長の罵声《ばせい》がとぶ。

「股《もも》を上げろ。腕を振れ」「胸を張って堂々と行進せよ」と、つぎつぎに注文の言葉がとぶのである。

十六歳から十八歳の、自分から進んで海軍に志願した若者ばかりである。ほかの者に敗けてたまるかと、男の根性がむき出しになる。

一週間分の日課表が黒板に書かれ、予定表によって各分隊の教育が進められて行く。最初に水泳のできない者が各教班から集められ、特訓が始められるのである。各班に一名以上は泳げない者がいたと思う。

その特訓の方法はというと、三メートルほどの竹竿の先に二メートルの紐を取り付け、紐の先に三十センチの竹を付ける。そうして泳げない者が二十五メートルプールで、三十センチの竹を両手でとまり木のようにしてつかみ、足をバタバタさせて泳ぐのである。班長がプールの外から、竹竿を上下させて特訓をするのだ。

水を飲んだりして青い顔をし、フーフーいいながら、プールから上がってくる泳げない者は必死である。だが、一週間のうちには全員が泳げるようになるのである。教班長は、

「軍艦に乗っている者は、一人も泳げない者はいない。よってお前たちを特訓するのである」と、力説する。

午後の日課は、日によって剣道、柔道、銃剣術、防毒教練、結索実修、相撲競技、遠泳、艦砲教練、手旗信号、手話、実弾射撃など、艦船に乗り組んでも、なんでもできるように新兵教育係が総力をあげて訓練を行なう。

海兵団五ヶ月余の訓練も終わりに近づき、その卒業前に原村へ演習行軍を行なった。そこで敵味方に分かれて白兵戦の演習を行ない、その後は原村から軍歌を合唱しながら海兵団まで行軍して帰った。

新兵教育も終わりの頃であった。野尻教班長に私が、

「これはこうした方がよいと思います」というと、

「貴様、教班長に文句をいうか」と、虫の居所が悪かったのか、往復ビンタに加えて

殴る、蹴るで、失神寸前になった記憶がある。

軍隊では、上官に対して絶対服従である。ましてや教班長と新兵だ。文句のいえる立場ではないのである。

新兵教育最後の銃剣術の各班対抗試合が行なわれたが、そのとき、私は十一人をつぎつぎと敗って勝ち抜いたのである。このときだけは教班長も、「よくやった」とほめてくれた。私は青年学校で銃剣術をやっていたことがよかったと思った。

入団して以来、毎朝の点呼、朝礼のときには、かならず「聖訓五箇條《かじょう》」を合唱する。これは軍人としての基本であり、本人も軍人としての自覚を持つようになるのである。

一、軍人は忠節を盡《つく》すを本分とすべし
一、軍人は禮儀《れいぎ》を正しくすべし
一、軍人は武勇を尚《とうと》ぶべし
一、軍人は信義を重んずべし
一、軍人は質素を旨《むね》とすべし

新兵教育も終わると、最後に軍服を着て新兵卒業の大観兵式がある。そして新兵は、各艦船へ配属になるのである。

軍人精神注入棒

昭和十五年十月十五日、海軍三等水兵を命ず。

昭和十五年十月十五日、軍艦日向乗組を命ず。

昭和十五年十一月十五日、聯合艦隊に編入せらる。

私は「日向」乗組を命ずで、軍艦「日向」第一分隊の砲術科勤務となった。一番砲塔の砲員であるが、「日向」では新兵である。三十六センチ砲の一番厳しい分隊である。


艦首の甲板の受け持ちで、毎朝、甲板掃除がある。軍人精神注入棒を持った甲板下士官が、目を光らせているのだ。ホースで水を流した後、大きなウエスで拭き上げる。回れ回れと、何回も拭き上げてピカピカにする。

午後は兵器手入れだ。砲塔の中を手入れし、ピカピカに磨き上げるのである。特に点検日には念を入れて磨き上げる。

一日の日課が終わった夕食後、「酒保開け」の号令で、みんな休息しているときに、「新兵は上甲板に整列」との命令である。何事かと整列して待っていると、先輩の兵隊がきて、

「今日の甲板洗いの動作が鈍い。もっときびきびした動作でやれ。お前たちに軍人精神を叩き込んでやる」

野球のバットのような棒で、お尻を三回ずつ力一杯なぐる(バッターという)のである。前にとばされるほどである。軍人精神が入るどころか、痛いばかりだ。その後は往復ビンタである。

お尻が痛くて座れないほどで、ソーッと腰かけないと、飛び上がるほど痛い。お尻がはれあがっているのだ。なんと無茶なことをと、思い出してもぞっとする。

「日向」に乗艦して始めての外出のとき、一人の新兵が「日向」に帰るのはいやだといって、父親が波止場までつれてきた。そのため新兵は、一時間遅れて帰艦した。彼は海軍にいる間、進級もせず、学校へも入学できず、万年水兵であった。帰艦の時間

に遅れる（後発航期罪という）のが一番悪いのである。営倉（刑務所）行きである。あるとき、上甲板のトイレを出たところで、同郷の加藤にばったり会った。部署はと聞くと、機関科であるという。「日向」は二千人も乗組員がいるので、思うようには会えないのである。

軍艦「日向」の艦歴

大正七年四月、「伊勢」は「日向」の姉妹艦として建造される。

昭和十七年六月、旗艦「大和」に従い、ミッドウェー作戦に出撃する。

昭和十七年九月、近代化のため大改装。

昭和十八年十一月、世界初の航空戦艦に改装する。後部の砲塔を撤去し、下部に格納庫上甲板にカタパルト二基を取り付けて飛行機を発射。

昭和十九年十月、フィリピン沖海戦に出動したが、たのみの搭載機がなく、小沢艦隊空母のおとり護衛戦艦として奮戦した。

昭和十九年、その終わりごろから、燃料不足のため出動できない。

昭和二十年五月七日、呉から情島北西に曳航、保留された。

昭和二十年七月二十四日、約六十機の雷爆撃機が来襲して二百発の爆弾を投下。直撃弾十発、至近弾三十発が「日向」に命中。七月二十六日早朝に擱座した。戦死者は艦長以下約五百名に達した。悲運の戦艦「日向」である。

実弾射撃訓練

昭和十六年二月二十四日、南支方面に向けて佐世保を出港し、太平洋上で実弾射撃訓練を行なう。

標的艦の曳航する白い標的幕に向かって、「陸奥」「長門」「伊勢」「日向」「扶桑」「山城」と、戦艦群が威風堂々と行進する。その後には巡洋艦、駆逐艦、海防艦と大艦隊が続航するのである。

当時、私は「日向」の一番砲塔の中で配置に付いていた。砲員の照尺士だから、艦橋の砲術長より弾着の修整が来る。射角の修整（遠近弾着）、高メ底メ、左右の修整などを報告する。耳栓をしていても、三十六センチの主砲が一斉に火を吹くのである。左舷四十度、距離三千五百。「発射用意」で下部の弾薬庫と火薬庫より、二連装の砲身の尾栓を開いて待っている。揚弾薬機がまず弾丸を先に電動で装塡《そうてん》し、つぎに一コ八貫目（三十キロ）の火薬が、四コ一発の弾丸を撃つのに装塡されるのである。「発射用意よし」の報告で、艦橋の砲術長が双眼鏡を見ながら、「打て」の号令を下す。一斉射撃であるため、各艦同時に発射するのである。

五番砲塔の爆発

何発目かの実弾射撃訓練のとき、大事故が発生した。軍艦「日向」の艦橋で、後部見張員が艦長に報告する。

「五番砲塔が爆発しました！」

実際に五番砲塔の中で火薬が爆発し、砲員全員、爆死である。砲塔の天蓋が右舷へ落下、弾丸は三百～四百メートルの海中へドボンと落ちる。尾栓が確実に締まっていなかったようだ。

この事故によって実弾射撃はすぐに中止となり、他の艦船に信号を発信する。

「我が艦事故発生す。死傷者あり。直ちに呉海軍病院に向かう」

全速で呉軍港に入港する。救急車が待機していたと思う。この事故が外部に漏れると大変だということで、我々も一ヶ月ほどは外出禁止であった。

こうした大きな事故が発生しても、軍の機密事故として内部にも外部にも一切発表されなかったのである。乗組員にも、修理のために入渠《にゅうきょ》した工廠の工員にも緘口令《かんこうれい》がしかれ、一切口にすることは禁じられた。

当時としてはそれがあたりまえであり、今のように言論の自由はなかった時代なのである。

それにしても、火薬の爆発威力には驚かされた。直径五～六センチの鋲《びょう》で、砲塔の天蓋は周囲何十本でかしめてあるのに、八貫目の火薬二コが弾丸を前進させ、後の二コが砲塔内で爆発したのである。尾栓が確実に詰まっていなかったとしか思えない事故だ。砲員全員が戦死したのである。

当時、私は一番砲塔の砲員だったので助かったが、五番砲塔の砲員だったら、靖国神社行きである。生と死は紙一重の差であることを痛切に感じた。戦友にそのことを話したら、

「お前はよっぽど運の強いやつだ。殺しても死なんようなやつだ」

と、笑われたことがある。

昭和十六年三月三日、南支方面の作戦を終えて馬公へ帰着。翌日、懐かしの母港呉に向けて出港、一路北上して打ち振る帽に迎えられて呉軍港に入港する。

砲術科から航海科へ

昭和十六年九月三十日、第七期普通科運用術操舵練習生として海軍航海学校に入校を命じられた。

私は分隊長には言わずに、航海学校の試験を受けたのである。普通は砲術科にいれば、砲術学校へ行くのがあたりまえなのだ。分隊長に呼びつけられて、

「貴様、砲術科にいて、なぜ航海学校へ行くのか。わけをいえ」

「はい、私はこの大きな日向を思う存分に操舵してみたいので、航海学校を受験しました」

すると分隊長から、

「よし、わかった。しっかり勉強して、また日向に乗艦して来い」

といわれて、やれやれと思った。

昭和十六年十月一日、横須賀にある海軍航海学校へ入校した。操舵の練習生として約四ヶ月間、厳しい訓練を受けるのである。

操舵に必要なジャイロコンパスの使用法、修理、整備などを勉強し、練習船に乗って実地訓練を行なうのである。

横須賀湾内で、天文航法、地文航法を学ぶ。六分儀を使って船の位置を出すのである。また、海底に電波を発射して測深をする。海底の深さを測るのである。

それから艦底に一メートルの測程管を出して、その先でプロペラが回転して艦の現

在のスピードが何ノット出ているかが艦橋でわかるようになっている。私の仕事は航海に必要な器機の受け持ちである。

伊号第三十八潜水艦に乗っていたとき、ラバウルへ入港して測程管を引き上げようとしたが上がらない。航海中に岩に当たったか、鯨が当たったのか。

潜水夫が海にもぐってロープで測程管を括り、頭部をはずして海中に打ち込んで抜いたことが一度あった。三十度ほど曲がっていたのである。

止水栓を締めるのと、打ち抜くのとを同時にやっても、海水が噴出し、びしょぬれになった記憶がある。

叶えられた希望

四ヶ月間の訓練生の生活は、あっという間に過ぎ去って、昭和十七年一月三十一日、第七期普通科運用術操舵練習生教程を卒業する。同日、「日向」乗組を命じられた。「日向」に縁があるのか、今度は航海課勤務である。私の希望が叶えられたのだ。

さっそく一分隊の分隊長に報告に行くと、

「おっ、今度は航海科か、おめでとう。しっかり頑張れよ」

といわれて嬉しくなった。軍艦「日向」の操舵員として三万トンの大戦艦を操縦できるのである。胸を張り、舵輪を持つ手に力が入る。

戦艦「伊勢」「日向」は、行動を共にすることが多かった姉妹艦である。昭和十七年一月より三月末までは、呉を基地にして太平洋方面の作戦に従事する。同年五月～六月には、北太平洋アリューシャン方面の作戦に従事。

吹き上げる飛沫《しぶき》で、艦橋に腕の太さの氷柱《つらら》が何本もできたくらいだ。厳しい寒さなのである。

広漠たる嵐の海に、大きな戦艦も大揺れである。上下左右に、若い兵隊はみんな、ゲーゲーと吐いているが、古い下士官・兵は平気である。

何年か軍艦に乗っていれば、嵐もあれば時化《しけ》もある。少々の揺れでは、船酔はしないのである。

「お前たちも二～三年、軍艦に乗っていれば、船酔はしなくなる」といわれたが、神経質な者ほど船酔をする。私は鈍感な方で、あまり船酔はしなかったと思う。

北海の　嵐の海を　のりこえて　敵艦隊の　影を求めり

荒れ狂う　アリューシャンの　海原を　敵を求めて　日向は進む

昭和十七年一月より昭和十八年一月までの間に十回、呉と横須賀を基地にして太平洋方面の作戦に従事する。一年間、思う存分に軍艦「日向」を操縦できたのである。また、昭和十七年六月には旗艦「大和」に従い、ミッドウェー作戦に参加したのが最初で、このときは日本軍が大敗を喫したため戦火をまじえることはなく帰還した。

昭和十八年一月十三日、第二回下士官、および兵潜水艦講習員として、海軍潜水学校呉分校に派遣を命じられた。一ヶ月半の講習を受けるのである。

入校には体重および身長の制限があった。体重六十五キロまで、身長百六十五センチまでと、あまり体重の重い者は、潜水艦には不採用である。

海中で自動停止し、一定の位置にツリムタンクの水を注排水して、自動的に前後の水平を保つのである。

人員の移動でも水平を加減するときがある。艦首が浮上したときには、後部兵員室の兵員十名を、艦首の魚雷発射管室へ移動させ、艦首を沈下させて、潜水艦の水平を保つツリムタンクの補助をする。

また、この逆の場合もたびたびあった。敵機が頭上にきて、急速潜航のときは、三十度の角度で海中に突入潜航していくのである。

最新鋭の潜水艦へ

私は昭和十八年三月一日、伊号第三十八潜水艦乗組を命ずで、最新鋭の佐世保造船所で出来た、日本で一番新しい潜水艦乗組となったのである。

艦内には冷暖房も製氷機もあり、アイスクリームもできる。太陽灯もあり、乗組員の健康のため交替で、非番の者が利用できるようになっているのである。また、長時間潜航の場合には便所の使用後は、手動ポンプで艦外に排出するようになっている。

昭和十八年三月一日より二ヶ月間、乗組員の訓練が始まる。日曜日以外は猛訓練である。安久艦長の命令で、日一日と立派な潜水艦乗りが出来上がっていったのである。

孤島の将兵への食糧輸送

昭和十八年四月一日、第一艦隊第十一潜水戦隊に編入。昭和十八年四月三十日、第六艦隊第一潜水戦隊に編入される。ラバウルを基地にして、南方の前線で孤立した島《とう》嶼《しょ》の将兵に食糧を届ける輸送の任務につくのである。

制空権なき南方海上を、昼は潜航、夜は浮上して孤島の将兵に、主として食糧を輸送し、帰りは病人を乗せ、ラバウルの病院へ送り込むのである。

病気の陸軍の人を二十名ほど乗せたときに聞いた話である。食べるものがなく、トカゲ、蛇、ネズミなど、食べられるものはなんでも焼いて食べたとのことである。かなり重病の人が多く、「ラバウルに着いたぞ」というと、安心したのか、そのまま天国へ旅立つ者も何人かいたと思う。

また、あるときは嵐に遭遇し、安久艦長は病人が可哀そうだと思って夜間水上航行を中止し、「潜航用意」「深度四十に潜航」と命令する。

今まで前後左右に、木の葉のように揺れていた潜水艦は、ピタッと揺れが止まったのである。陸軍の病気の人は、「なんと潜水艦は便利なものですな！」と感心していた。艦長の気持も知らずに……。

波の深さは、嵐のときでも三十〜四十メートルだから、それより深く潜航すれば十メートルに一キログラムの圧力が潜水艦に加えられ、揺れが止まることになる。

伊号第三十八潜水艦は、最高百メートルまで潜航できる。百メートルまで潜航すると、推進器などの外部に出ている軸のパッキンを締め付けないと、十キログラムの水圧によって、海水が艦内へじわっと入ってくるのである。

昭和十九年十一月十二日、伊号第三十八潜水艦は、パラオ東方において対潜爆雷攻撃を受け、水深三千メートルの海底に沈没した。艦と共に艦長下瀬吉郎中佐以下九十八名の乗組員が現在もそのまま眠っている。

三千メートルの海底では、引き揚げることも無理なのである。位置も正確ではないし、潮流に流されているから、広い海では捜索が大変である。永久にパラオの暗黒の海底に沈坐し続けることになるのである。乗組員の御冥福を、心よりお祈りする次第である。

三千の　真暗き海に　眠る戦友《とも》　心静かに　靖国の神

懐かしく　戦友《とも》の笑顔を　夢に見る　パラオの海に　沈む伊三十八潜

第四〇号海防艦艤装員付

昭和十九年七月二十八日、第二十二期高等科運用術操舵練習生教程を卒業し、同日、呉海兵団付を命じられ、団内臨時勤務。横須賀から汽車に乗って東海道線を呉に向かう。横須賀～呉間は隊伍陸行である。

昭和十九年七月二十九日、命令で団内臨時勤務につく。約四十日間、軍需部の衣服廠へ使役として行ったのである。潜水艦基地隊より兵十名を引率し、弁当を持って一日作業をするのである。若い女の子ばかりの作業場だ。

呉の東、廣から通勤していた女の子に、私は好意を寄せられた。彼女は艦船の衛門で、いつも私の上陸するのを待っているのである。彼女も私が勤務が終わってから、上陸する時間を知っているのだ。

基地隊の上陸は、艦船の乗組員の衛門と同じで、彼女の軍需部も同じ門である。集会所まで一キロ、楽しく話しながら歩いて行き、食事をしたり、街の喫茶店でコーヒーやフルーツを食べて話すうちに、彼女は一人娘であることを知った。

私は大阪の藤永田造船所へ転出することを、出発の前日の九月七日に伝えた。彼女は目に一杯、涙をためて、

「御元気で御武運をお祈りします」「この四十日間は一生忘れません」と、お互いに手を握りあった。

「私の初恋の人でした。大阪へは行きません。私は両親の世話をする義務がありま す」と、二十歳とは思えぬ彼女の言葉を聞いて、この子なら大丈夫だと思い、「親孝行するんだよ」と笑って別れた。じつは私も初めての恋愛だったような気がする。昔の良き思い出として、ときどき思い出すことがある。

廣の街　生まれ育ちし　恋うる人　思いたち切り　大阪に行く
初恋の　思い出残し　呉をたち　車窓に浮かぶ　笑顔愛《いと》しき

呉の駅から汽車に乗って大阪駅まで、当時は丸一日かかったと思う。呉の次が廣である。この街で生まれ育った彼女に幸《さち》あれと祈りながら、楽しかった一ヶ月余の思い出に浸っているうちに、いつしかうとうとと眠っていた。

三原駅で乗り換えて一路、大阪へと向かった。七名の兵を引率しての艤装員付は始めての任務なので、当たって砕けろの気持ちで藤永田造船所へ向かったのである。大阪駅を下車。地下鉄に乗り換え、大国町で下車、地上に出て港線に乗り、藤永田造船所前で下車する。

みんな重い衣嚢《いのう》をかつぎ、二十分ほどの行軍で汗をかき、藤永田造船所の門に着いた。係の人に、呉から来た第四〇号海防艦の艤装員付であることを伝えると、「どうぞこちらへ」と会社の社員食堂へ案内された。

四〇の　艤装のために　大阪へ　愛しき人に　永久《とわ》の別れを

「当分の間、食事はこの社員食堂で、社員と一緒にお願いします。隣の社員寮が宿舎になっています」

係の人に、八名の氏名を報告して宿舎に入った。一枚の毛布と枕が支給された。宿舎でごろ寝である。我々が一番早く艤装員付として藤永田造船所へ来たのである。ほかにはだれも来ていなかったと思う。

総員制裁を行なう

翌日からは次から次へと艤装員付として、呉より送り込まれて来た。四十名ぐらいになったとき、ちょっとした事件が起きたのである。一人の兵が私のところに来て、「実は帽子缶に入れておいた財布がなくなっている」と届け出たのである。

当時、私は甲板下士をしていたので、さっそく総員集合を命令し、広場に全員を整列させると、

「みんなよく聞け。昨日、帽子缶に入れていた財布を盗んだ者がいる。明日中に盗んだ者は、甲板下士の机の引き出しに入れておくように。明日中にいれていない場合は、総員制裁を行なう」と、伝えて解散する。

私は机の引き出しに財布を入れてくれるようにと念じながら、暴力制裁は使いたくないと思った。しかし二日過ぎても、机の引き出しに財布は入れられなかったので、心を鬼にして総員制裁を行なったのである。

当時の軍隊は、一人が悪いことをすると、その者だけを罰せず、班全員が罰を受けることが多かったように思う。二列に並んで向き合い、お互いに顔を平手で殴り合う。「力が入っていない。もっと力を入れて殴れ」と、甲板下士の命令がとぶ。その後は軍人精神注入棒で（野球のバットのような棒）で、お尻を殴るのだ。いま考えると、野蛮な制裁である。

私も軍艦「日向」乗組のときに夕食後、「新兵は上甲板に整列」といわれると、またやられるな！　と思ったことがたびたびあった。同郷の兵長が、

「花井、酒保に行って、煙草を買って来てくれ」

と、用事を言いつけられたりすると、後から一人だけ上甲板に呼び出されて、みん

なの受けた制裁の倍以上も制裁を受けたことがある。兵長は私をかばってくれたのだが、後がよくなかった。みんなと一緒に制裁を受けたほうがよかったのである。

藤永田造船所には、外人の捕虜が三、四十名いて、毎朝、隊列を組んで陸軍の下士官に引率され、使役として作業をしていた。同じ軍人でも、捕虜となれば日本へつれて来られて働かされるのだ。立場が変わって、我々も捕虜になっていたら、外国へつれていかれて労働を強要されるのである。

終戦当時、北満にいた日本の陸軍軍人が武装解除され、ソ連につれていかれて強制労働をさせられたと聞く。戦争に負けたら惨《みじ》めである。厳寒のソ連で鉄道敷設《ふせつ》工事をさせられ、体力の弱い者はつぎつぎと病気になって、日本へ帰りたいと叫びながら亡くなったのである。日本は自由主義の米国に占領されたから、よかったと思う。

弾薬投棄作業

第四〇号海防艦は、米海軍監視のもとで弾薬投棄に、掃海作業に従事した。弾薬投棄作業は、軍需部の使役が鎮海の火薬庫の各種砲弾の箱を、岸壁に横付けしている三隻の海防艦の上甲板に積み上げるのである。

そうして一杯になると港を出発し、水深六十メートル以上のところまで行って、その砲弾の入った箱を海中に投棄するのである。

毎日その作業をしていたとき、火薬庫の大爆発があった。爆風で本艦もぐらぐらと揺れた。原因は不明である。たくさんの死傷者が出たと思う。当分の間は作業は中止となり、みんな休養を取っていた。

一週間後には投棄作業が始まり、出港しては水深六十メートル以上のところに来ると、艦長に報告する。

「水深六十メートル、オーバーしました」

水測器の受け持ちは操舵長である。海底に電波を発射し、帰ってくる時間によって水深を測定する器機の受信機が艦橋にあって、本艦がいま何メートルの水深のところを航海しているか、一目でわかるのである。

艦長の「弾薬投棄始め」の号令で、非番の者全員が上甲板から海中に向かって二人一組で、重い弾薬箱を投棄するのである。半日かけて使役が積み込んだ箱を、二時間ほどで全部海に捨て、また港へ引き返して岸壁に横付けすると、使役の人が上甲板に積み上げてくれるのである。

台風が接近し、海上が荒れて波が高かった日に、上甲板で投棄作業をしていた兵二人が高波にさらわれて海へ転落した。青木艦長は直ちに作業を中止し、荒波の中を必死に捜索を続けたが、発見することができなかった。荒狂う波に四〇号海防艦は、木の葉のごとく揺れてどうすることもできなかったのである。

荒波に　のまれし戦友《とも》の　行方追う　木の葉の如く　ゆれる我艦《ふね》

捜索を中止して港に帰った艦長の気持ちを思うと、嵐にさえ遭遇しなければ戦死者を出さずにすんだのにと、くやしさで胸が一杯であったと思う。戦中、戦後、第四〇号海防艦の戦死者は、この二人だけである。

青木艦長の思い出

危険な掃海作業や商船護衛の任務で、敵潜水艦の攻撃も受けず無事、任務が完遂できたのも、艦長の「乗組員は絶対に死なせない」という信念によって守られて来たからである。

私は戦闘配置のときは艦長といつも一緒に艦橋で舵を取っているので、艦長の気持ちや考えていることがわかるような気がする。思いやりが深く、責任感の強い艦長である。

長年、外国航路の船長をやり、商船の艤装も二～三隻したという話を聞いている。信頼のできる艦長であった。私の人生で、一番尊敬の出来る艦長であったが、海に生きた人がみずから海に帰って行き、二度と会えないのは悲しいことである。私の心の中に永久に生き続ける先輩である。

第四〇号海防艦で、艤装のときから苦楽を共にして、戦後も危険な掃海作業に従事した乗組員は、米軍の命により「艦長命令」で召集された。一度復員した者を、必要とする部署の者に、「直ちに帰艦せよ。青木艦長」と、電報を打ったのである。電報を受け取った者は全員が帰艦した。艦長以下、一丸となって危険な掃海作業に従事したのである。

しかし、艦長は乗組員の安全が第一であると米軍に抗義し、掃海を中止して帰港したのだ。艦長は米軍の命令に違反したのである。

当時は米軍の命令は絶対である。違反をするには、大変な勇気がいることである。それを青木艦長は、乗組員の安全のために行なった。青木艦長は、ストライキ第一号として軍法会議行きとなった。

艦長は三月二十九日、東京の米軍の軍法会議に召喚されたのである。一度も公式の取り調べも尋問もなかった。艦長の言うことに筋が通っているからである。約二ヶ月間、法務官舎に軟禁状態にされ、毎日、諸焼酎《いもじょうちゅう》を飲み、麻雀に興じていたとのことである。

こうした太っ腹の艦長の下で約一年間、寝食を共にできたことは最高の幸福である。いまは亡き艦長の御冥福を心よりお祈りする次第である。

第四〇号海防艦の艦歴と行動

昭和19年12月22日　大阪藤永田造船所にて警備海防艦として完成する
昭和19年12月24日　午前9時、大阪出港
昭和19年12月26日　呉入校
昭和19年12月29日　呉出港、佐伯入港
昭和20年1月2日　呉防備戦隊佐伯防備隊
昭和20年1月2日～30日　対潜訓練隊にて対潜訓練に従事、訓練が終わって呉に回航
昭和20年2月1日　呉防備戦隊より解かれて第一護衛艦隊に編入

昭和20年2月3日　午後9時30分、呉出港
昭和20年2月4日　午前9時15分、門司入港
昭和20年2月5日　午前7時、香港に向け門司出港（船団護衛、運航指揮官土井大佐乗艦）。護衛艦＝海防艦四〇号、海防艦六九号、海防艦二一号、護衛商船＝三保丸、金泉丸、北京丸、万世丸
昭和20年2月9日　午後7時15分、泗礁山入港
昭和20年2月10日　泗礁山出港
昭和20年2月14日　午前10時30分、香港入港
昭和20年2月20日　香港出港、粟国（海防艦）ほか船団六隻を護衛
昭和20年2月26日　午後12時20分、泗礁山入港
昭和20年2月27日　午前7時、三保丸、金泉丸、万世丸は分離、上海に向かう
昭和20年2月27日　午前7時、泗礁山出港
昭和20年3月1日　午後9時、濃霧のため朝鮮南岸牟黄島に仮泊
昭和20年3月2日　午前6時45分、牟黄島出港
昭和20年3月3日　午後4時40分、六連島にて華頂山丸、天正丸を分離

昭和20年3月5日　下関三菱五号ドックに入渠
昭和20年3月8日　午後4時、出渠、浮標繫留
昭和20年3月10日　午前11時30分、門司岸壁に横付け
昭和20年3月12日　午後4時56分、門司出港。同日午後6時50分、六連島仮泊。玉栄丸、サバン丸、護衛＝海防艦四〇号、海防艦一〇六号（七〇一船団）
昭和20年3月15日　船団編成を解き、同日午前6時30分、門司回航。同日午前8時30分、七岸繫留
昭和20年3月16日　午前7時15分、基隆に向け門司出港（モタ船団）。筥崎丸、辰春丸、日光丸、聖川丸、護衛＝海防艦四〇号、海防艦竹生、海防艦一〇二号、海防艦一〇六号
昭和20年3月19日　午前2時57分、筥崎丸、敵潜の雷撃により沈没、辰春丸小破、泗礁山仮泊
昭和20年3月22日　午前6時、右泗礁山出港、重山仮泊
昭和20年3月23日　午前3時10分、哨戒出港。午前6時30分、馬祖山仮泊
昭和20年3月24日　午前8時、馬祖山出港。午後6時20分、大籥山仮泊

昭和20年3月26日　午前6時、馬祖山出港

昭和20年3月26日　午後5時、基隆入港

昭和20年4月1日　午前2時30分、転錨。午前6時15分、出港、同日午後5時30分、馬祖山仮泊

昭和20年4月3日　午前6時45分、北箕山出港。午後4時35分、温州湾南に仮泊

昭和20年4月4日　午後7時40分、泗礁山入港

昭和20年4月5日　鹿島に横付け、重油搭載

昭和20年4月6日　午前6時、出港

昭和20年4月7日　午後5時35分、青島外港に入港。午後6時40分、内港入港、重油搭載

昭和20年4月8日　午前10時、出港

昭和20年4月8日　午後7時40分、石島湾鉄木差仮泊

昭和20年4月9日　午前4時25分、石島湾鉄木差出港。同日午前10時30分、日光丸が雷撃を受け沈没

昭和20年4月11日　午前7時まで対潜掃蕩《そうとう》。午後10時50分、金魚島仮泊

昭和20年4月12日　午前5時25分、出港。午前6時50分、船団に合流する。同日午後3時19分、六連島において磁気機雷に触雷するが被害なし
昭和20年4月13日　午後6時45分、門司入港
昭和20年4月16日　午前8時10分　入渠
昭和20年4月17日　午前8時35分、出渠
昭和20年4月18日　午前8時10分、出港。同日午後4時20分、浜田入港
昭和20年4月19日　午前8時、出港。同日午後3時45分、七類入港
昭和20年4月20日　午前6時、出港。午後3時50分、舞鶴入港。第一護衛艦隊より除かれ、舞鶴鎮守府部隊に編入
昭和20年4月29日　第三船渠に入渠
昭和20年5月5日　舞鶴鎮守府部隊より除かれ、第一〇五戦隊に編入
昭和20年5月20日　舞鶴出港、水測兵器調整不良のため反転
昭和20年5月21日　舞鶴出港、伏木に向け回航
昭和20年5月22日　午後2時10分、伏木沖に仮泊。午後6時12分、伏木港第四岸壁に横付け

昭和20年6月10日　対潜掃蕩のため伏木沖に漂泊す

昭和20年6月11日　対潜掃蕩後、見付島仮泊

昭和20年6月12日　午前9時18分、出港。日和山鼻仮泊、ただちに出港対潜掃蕩

昭和20年6月13日　午後4時20分、舞鶴入港

昭和20年6月23日　午前6時、敵潜掃蕩のため出港

昭和20年6月24日　午後3時、地蔵崎より反転

昭和20年6月25日　午前11時50分、舞鶴入港

昭和20年6月25日　午後7時、船団護衛のため舞鶴を出港

昭和20年6月26日　魚見鼻付近にて高栄丸に合流、反転し舞鶴に向かう。午後11時47分、舞鶴に入港。海防艦四〇号、海防艦一二号、掃海艇新崎、駆潜艇四四号、高栄丸

昭和20年7月2日　午後5時、舞鶴出港

昭和20年7月3日　午前10時56分、隠岐西郷港入港

昭和20年7月4日　午前10時、隠岐西郷港出港。午後1時、別府入港。午後2時45分、別府出港。午後3時38分、浦郷入港

昭和20年7月5日　午前11時45分、出港。午前3時7分、西郷港入港
昭和20年7月9日　午後12時、出港。佐渡粟生島間対潜掃蕩
昭和20年7月13日　午後1時、酒田入港
昭和20年7月17日　午前7時、酒田出港。午後5時、新潟港より船団護衛。船団四隻、佐渡百カイリ沖まで護衛
昭和20年7月18日　午前8時、反転。午後7時30分、佐渡真野湾入港
昭和20年7月22日　午前8時、船団護衛のため新潟に回航。予定変更により、午後10時20分頃、両津港入港（佐渡）
昭和20年7月23日　午後12時、新潟に向け回航。午後4時30分、船団に合流、百カイリ沖まで船団護衛
昭和20年7月24日　午前5時、護衛を止め、酒田に向け反転。午後5時30分頃、入港
昭和20年7月28日　午前4時12分、第一〇五戦隊司令官・海軍少将・松山光治参謀乗艦。午後5時10分、酒田出港。第二掃蕩隊＝海防艦四〇号、海防艦一二号、海防艦八七号の三艦にて対潜掃蕩

昭和20年7月29日　午前6時35分、海防艦八七号、触雷沈没により、遭難者救出のため列を解き、救出作業に従事する。
昭和20年7月30日　午前8時、船川入港。午前9時24分、司令官参謀退艦
昭和20年8月3日　午前5時、船川出港（船樽〇八船団）。商船七隻を護衛、一路北上す
昭和20年8月4日　濃霧のため仮泊
昭和20年8月5日　午前6時、出港。午前8時10分、払越崎入港。午後3時40分、出港
昭和20年8月6日　午前9時30分、出港。同日午後3時、小樽入港
昭和20年8月9日　午前8時、出港―港外に投錨。午前9時、再び港内に入る。
昭和20年8月10日　午前3時、臨戦準備第一作業。同日午前4時、転錨。敵艦載機に備えて戦闘準備完成
昭和20年8月12日　午後12時、小樽出港。午後3時30分、船団に合流（樽内五〇船団）。商船十隻、護衛艦＝海防艦鵜来、海防艦竹生、海防艦四〇号
昭和20年8月14日午後7時、新潟入港

昭和20年8月15日　新潟港にて終戦。陛下より玉音放送あり、上甲板に総員集合、直立不動で聞く。身体の力が一度に抜け、敗戦を実感する。

昭和20年8月16日　午前8時、新潟を出港

昭和20年8月21日　小樽入港。ソ連軍、北海道進駐をしないことになったため、婦女子引き揚げ中止となる。

昭和20年8月22日　小樽出港。舞鶴に向かう

昭和20年8月24日　舞鶴入港

昭和20年8月25日　軍艦旗降下式。乗組員の復員を開始。海防艦四〇号運航に必要な人数を残して、全員、舞鶴より復員させる。

昭和20年9月10日　米軍の命により、第一掃海部隊に編入。掃海作業に必要な関係要員を電報で呼び戻す。「艦長命令、直ちに帰艦せよ」。一度復員した者が何事かと帰艦する。

当時、私は中島先任将校の命を受け、内火艇を操舵して舞鶴軍需部の衣服課へ、兵五～六名を引率して防寒用の衣類、外袴、半長靴、防寒帽、防寒手袋など六十名分を受け取りに行った。掃海作業に必要な器具および人員を補充し、いつでも掃海の現場

に出港できるよう準備したのである。

衣服課の人が帳簿を全部焼却したため、必要なだけ記帳して持っていくようにといわれ、六十名分の品物を内火艇一杯に積み込み、四〇号海防艦に運び込んで、これから掃海任務につく者に支給したのである。

戦争が終わってから、寒さと戦いながら、米軍の命令により、掃海作業や鎮海の火薬庫の弾薬を、水深六十メートル以上のところへ投棄する作業に従事した。

火薬庫の岸壁に横付けし、使役の人が艦に積み込んでくれていたとき、火薬庫の大爆発があって、我が艦もぐらぐらと揺れ、何事かと思った。火災が発生し、投棄作業も二、三日中止とのことである。

同年兵二、三人と釜山へ遊びに行こうと思い、日本円を出したら、駅員が日本円は通用しないといわれて行くのを中止し、艦に帰って一杯飲んだ記憶がある。戦争に負けたらみじめであることを痛感した。

昭和20年9月30日　舞鶴出港、鎮海に向かう。海防艦四〇号、海防艦二二号、海防艦一六号、海防艦一二号の四隻が掃海作業および弾薬類の海中投棄作業に従事する。

昭和20年10月23日　鎮海防備隊の弾薬類の海中投棄作業を終了する。

昭和20年10月24日　米軍のL.S.C.四二号、艦長の命により行動することになる。日本海軍が九州～朝鮮間に敷設《ふせつ》した機雷原は、四千平方カイリの広さにおよび、機雷数は六千個、四線に敷設されているのである。

昭和20年10月26日　掃海を中止、佐世保に帰港

昭和20年11月16日　壱岐周辺で、海防艦「大東」が触雷のため沈没し、そのため一時、掃海作業は中止

昭和20年12月6日　～18日まで、川南造船所で修理

昭和20年12月19日　佐世保に帰投

昭和20年12月23日　米式掃海具により、米海軍掃海部隊の指揮下に入る。海防艦四〇号、海防艦二二号、海防艦一二号、海防艦竹生は、対馬海峡の掃海作業に従事。隊列を組んでの機雷原の掃海作業は、命がけの任務である。日本の掃海部隊の総指揮官・志摩海軍中佐。

昭和20年12月25日　厳原を基地として掃海再開、佐世保出港。米軍のオブザーバー参加。

昭和20年12月29日　米掃海艇MINIVETは、日本掃海部隊のため「ブイ」を入

れていたとき触雷轟沈、士官一名、兵三十名が殉職。直ちに掃海を中止し、遭難者の救助にあたる。

爆発によって吹き飛ばされた人たちをボートで救助し、米艦に渡すべく全力で救助活動をする。機雷原にボートを乗り入れ、米兵を、早く一人でも多く救助するために努力したのである。次に揚げるのは海軍大佐、T・W・デビソン氏の感謝状――

一九四五年十二月二十九日、対馬下ノ島厳原沖ニ於テ負傷或ハ人事不省ノ為正ニ溺死セントセル米人救助ニ対シ深甚ノ謝意ヲ表ス。米艦ミニベット号遭難者、中ニハ人事不省ニ陥チ今正ニ溺死セントスル者モアリ。之ガ救助ノ為日本船員ハ機雷原ニ短艇ヲ乗入レ或ハ安全ナ筏ニ収容センガ為、寒冷ナル海中ヲ泳イダ者モアリ。第十六号掃海特務艇ノ如キハ逸早ク現場ニ到着、機雷原ニ突入シ絶大ナル援助ヲ与ヘタリ。死者十一名ヲ収容。死体ハ日本人ニ依リ丁重ニ取リ扱ハレタリ。本事件ハ全ク悲シムベキ事故ナリシモ、志摩掃海隊員ノ行動ニ依リ、小官指揮ノ下克ク人命ノ喪失ヲ極限スルヲ得タリ。

CTG五二五　海軍大佐　T・W・デビソン

杉山中將殿

志摩掃海隊員の行動、人命救助に対しての感謝状である。

昭和21年4月16日　対馬海峡の掃海終了

処分機雷数は三千百七十九個の機雷を爆破処理した。掃海作業中に、米海軍の掃海艇が触雷沈没し、沢山の人が艇と共に深い海に消えて亡くなった。心より御冥福をお祈りする次第である。

終戦前の思い出

終戦一年前ごろより学徒動員が始まり、大学は繰り上げ卒業で一年早く卒業して、軍隊で半年間、軍事教育を受けることになる。そして教育が終わり、試験に合格すると、中尉として各艦船に配属されるのである。

当時は御国のために死ぬのが名誉なことであると教育された。各学校には、天皇陛下の写真が納めてある奉安庫があった。祝祭日や学校の行事のときは、校長先生が、白い手袋をして、その写真をうやうやしく頭の高さに上げ、講堂に運び込んで正面に飾り、一同最敬礼で式が始まるのである。

そうした時代であるから、御国のために滅死奉公、死ぬのはあたりまえと教育された。戦争で戦死すれば靖国神社に神として祭られ、その家の名誉であるとされたのである。

当時、各地に特攻隊の基地があったが、鹿児島県の知覧特攻基地はよく知られている。若い特攻隊員が片道燃料の特攻機に搭乗し、敵機、敵艦船に体当たり攻撃するのである。アメリカ軍も、日本のこうした攻撃――死を覚悟で突入するのには驚いたと思う。

この戦争で、若い命がたくさん亡くなったのである。次の世代を背負う若者が、つぎつぎと命令に従って大空に消えていったのだ。可哀そうに、いやとはいえない時代なのである。「上官の命令は朕《ちん》の命令と思え」といわれた時代である。

私も「日向」乗組のとき、上官からよく言われたことがある。

「お前たちのかわりは何ぼでもある。一銭五厘のハガキ一枚で、日本全国から何十万でも集めることができるのだ」と。兵隊は消耗品と同じである。

また、上官の命令は絶対服従である。間違っていると思っても、服従あるのみで、下手に訂正すると反抗するかといわれて、殴る、蹴るのひどい目にあったことが一度だけある。

海兵団を卒業する前に艦船の見学に行った際に、教班長に、「ここはこうと違いますか」といったとき、教班長の虫の居所が悪かったのか、殴る、蹴るのひどい目にあって死ぬかと思ったほどである。

当時は往復ビンタ、殴る、蹴るは、日常茶飯事である。軍隊というところは、いま考えると野蛮な人々の集まりであったともいえる。しかし、一面考えると目的を持って御国のために死を覚悟し、帽振りながら大空に消えていった若者がたくさんいたのである。時代の流れと教育によって方向づけられるのかと思う。今の若者にも、そうした気骨があってほしいものである。

大空に　消えて行く友を　見送りて　待ってろ俺も　後から行くぞ

あとがき

陸軍工廠から海軍志願兵として、昭和十五年六月一日、私は呉海兵団へ入団した。新兵教育は学校と同じである。軍人としての基礎的な教育訓練を五ヶ月半受け、卒業と同時に『軍艦「日向」乗組を命ず』で、軍艦「日向」第一分隊三十六センチ砲員として勤務することになった。

「日向」は、〃鬼の日向か蛇の伊勢か、いっそ海兵団で首つろか〃といわれたほどの厳しい軍律の戦艦である。「日向」乗組になれば、また新兵である。夕食後、「酒保開け」があると、「新兵は上甲板に整列せよ」である。そして毎日のように古い兵隊から、軍人精神を入れられた。

〝軍人精神注入棒〟で、力一杯お尻を殴られるのだが、軍人精神が入るどころか痛いばかりである。お尻がはれ上がっている。そっと腰かけないと、飛び上がるほど痛い。こうした新兵教育は、当時はあたりまえであったように思う。

軍艦「日向」は昭和十六年二月二十四日、南支方面の作戦に向けて佐世保を出港。三月三日、台湾の大きい港・馬公に入港して呉に帰港した。

そうして昭和十六年九月三十日、私は第七期普通科運用術操舵練習生として『海軍航海学校に入学を命ず』で、「日向」を退艦したのである。

海軍志願兵の太平洋戦争

2007年5月17日　第1刷発行

著　者　花　井　文　一
発行人　浜　　　正　史
発行所　株式会社　元就《げんしゅう》出版社
〒171-0022 東京都豊島区南池袋4-20-9
サンロードビル2F-B
TEL　03-3986-7736　FAX　03-3987-2580
振替　00120-3-31078
印刷所　中央精版印刷株式会社
※乱丁本・落丁本はお取り替えいたします。

ISBN 978-4-86106-152-3